今日を生き
明日を生きる

大地未来
DAICHI Mirai

文芸社

目次

今日を生き明日を生きる

無意識の奥、深層のさらに深いところで「約束した生を生きねば」と、物心つく前から感じて、時にその強迫観念に襲われる。

「約束って、誰と」


人間の一生、長いのか短いのか、同じ時間でも心の有り様や、年代によって長く感じたり短く感じたり。

宇宙時間から観ればどうだろう。地球、太陽系、銀河系、アンドロメダ銀河、どこまでも果てしない宇宙から観れば、瞬きの一瞬ですらない。その一瞬ですらない生ならば、世事に囚われず私らしく生きたい。

一、療養の小学校高学年

十歳くらいの頃でしょうか。

「私、学校に行けないけど、毎日山や林で遊んで、他の人とは異なることを世界でたった一人経験して、それってスゴイよね」

母にそう言うと、「お前は変わっているよ」と、呆れていました。

終戦後のベビーブーム生まれ、生まれも育ちも東北の山間の片田舎、小学四年から六年の夏休みくらいまで小児結核だった私は、入院して隔離されるほど重症でもなく、家族と一緒に暮らせる在宅療養をしていました。祖父母は早く亡くなり、妹弟たち三人はそれぞれ学校、幼稚園に通っていました。

米作農家の両親が田圃へ行った後、私は一人、家の裏山へ行っては当てもなくブラブラしたり、ボーッとしたりして過ごしていました。

春先、雪解けが始まると近くの小川の辺りでは、雪の雫とネコヤナギの蕾が、陽の光に眩く煌めき輝くコントラストの美しさに息を飲む。小川では流れが勢いを増し、小石の間をコトコト、クスクスと想い想いに跳び跳ね、急に賑やかになる。ユニークな帽子を被って、つくしんぼが土手のあちらこちらに蔓延《はびこ》る。林の中では、華麗なバレリーナが踊っているような、紫のカタクリの群生に歓喜し、我を忘れ一緒に遊ぶ。

夏、気高く純白のドレスを纏う山ユリを摘んで帰っては、黄色の花粉を顔や洋服に浴び、洗うのに困ると母に叱られ、場所を変えると、深茶のビロードの令嬢オキナ草が山の斜面で揺れる様と、花後の老人の銀髪のようなアンバランスの面白さに興奮。

秋、誰でも思い出があるでしょうけれど、桑の実を牛乳瓶に詰めて箸で潰して、口を真っ青にして妹弟たちと食べていました。

冬、一面真っ白な雪。「上を見れば虫っこ、中を見れば綿っこ、下を見れば雪っこ」と口ずさみながら雪を踏み締め、家の間取りを作っては遊び、どこで覚えたのでしょうね、居間には必ずソファを置いていました。

父が買ってくれたラジオでは、ラジオドラマの「コタンの口笛」に毎回かじりついて聞き、少女雑誌「なかよし」に掲載されていた手塚治虫の『リボンの騎士』は、読み終えた直後から、指折り数えて次号の発売日を待ちました。

結核はその当時も今も伝染性の病気で、近所でも避ける人がいましたが、子供たちは学校から帰ると声を掛けてくれて、体調の良い時には一緒に缶蹴り、ビー玉、ケンケンなどで遊びました。妹弟共々夢中になって遊んで、時には父に夕食の支度をするよう叱られました。忙しい両親に代わり、夕食は家にいる私が主に作っていたのです。隣町からリヤカーで魚屋が定期的に来ていたので、家族の好きな物を通帳で付けで買って調理。今もって漢字は苦手ですが、きゅうりの千切りはその当時から大得意。

二週間か、月に一度くらいでしたでしょうか、バスで通院しました。往路のバスの車掌さんがいつも満面の笑みで迎えて下さり、その瞬間〝フファー〟と、温かい空気に全身が包まれ、力が湧いてきて、嫌な病院に通うのがどれだけ救われたことでしょう。

診察を終え、注射（ペニシリン？）をお尻に打たれ、パスという薬を処方されましたが、顆粒で量も多く、オブラートに包んでも飲み込めません。涙を浮かべ「ゴックン」、でもオブラートは破れ、口の中は白いパスだらけ。さらにコップの水を流し込んで、涙と共に飲み込む。こっそりゴミの中に捨てると父に見つかり、薬は嫌でも病気を治すには必要と、私に諭すように父は私の目の前で泣きながらその薬を飲むのです。二人で泣いていました。

病院とは反対方向のバスに乗る時の楽しみは、道路沿いにポツンと一軒だけ青い小さな洋館があって、時折、主らしき人がペンキを塗っている姿を見ることでした。東北の周りが田圃しかない片田舎で、農業に明け暮れる人か、役所か会社勤めの「無色の人」しか見たことのなかった私の瞳には、「住まいを好きな色で塗り、手入れをしている姿」は、子供心にもハイカラに映っていました。確か風見鶏も回っていました。

六年の二学期には、午前中のみ通学許可となりました（四、五年時にもあったかもしれません）。ところが激痛を伴う腹痛でのた打ち回り、一ヵ月ぐらい入院。医師は私の痛みの様子から、「胆石だろう」と言っていましたが、レントゲンに石は写っていないのです。それでも治療として二週間に三回くらいでしょうか、胆のうまで管（胃カメラのような管）を入れて、石を溶かすためなのか、洗浄していました。「小さな身体でよく頑張った」と、その頃の私を褒めてあげたいです。

激痛でのた打ち回る時は、どんな痛み止めも効かず医師もお手上げ。ですが普段はもう元気で、子供だけの病室では私が年長者でお姉さん役でした。皆、仲が良かったです。

大人の病室の人にも招き入れられ、看護婦、清掃のおばさん、皆さんに可愛がっていただきました。大好きな看護婦さんとは、院内のお風呂に一緒に入ったりもしました。小さい頃から人見知り、結核で一人でいることが多かった時期でしたが、「こんな私でも受け入れてもらえるんだ」と、心を開いて甘えることができ、世界が大きく展開。「都会の人は明るくて温かい」と思いました。

医師たちは、大学病院での開腹手術を検討していました。どのような手術なのか、心配した父は大学病院で他の患者の手術を見学すると、血相を変えて「子供には、腹部を背中の方まで十字に開腹するのは無理だ。娘は実験台にはさせない」と言って、退院させました。不思議なことにその後、腹痛は全くなくなったのです。

家に帰ってきた私を、「人見知りがなくなり、人が変わった」と、両親が話していました。

後に父が、「パスは副作用で内臓を痛める可能性があると説明されたけど、結核を治すために服用させることを了承」と、書かれた書類にサインしたと謝りました。当時、結核は死の病とも言われており、私でも当然そうしました。
私が腹痛でのた打ち回っている時、父は拷問を受けている思いだったでしょう。
腹痛時はうめき声が聞こえぬように居間から離れた奥座敷に寝かされていました。
父はどんなに辛い思いをしていたか。
今はその父を、そっと抱きしめたい。

二、読書、文通で思考力を鍛えた中学生時代

さあ中学生です。同級生と机を並べ、ようやく勉強に取り組んだ気がします。もっとも体育は見学、部活は華道部。全快したとはいえ、クラスの中にも距離をとる人はいましたが、大方受け入れて下さり楽しい学校生活でした。

勉強よりは図書室に通っていろいろなジャンルの本を読み漁って、特にパール・バックの長編小説『大地』には、深く心を動かされました。

〝暴動で時代が動く〟〝紙幣は時の政権が崩壊した場合、紙クズになることもある〟という歴史の側面が描かれ、大陸（中国）の富裕層は確かな資産として住宅の壁を厚くし、くり抜いた壁に価値の安定している宝石を隠すなど、私が育った環境とは異なる世界、絶対と思っていた紙幣に対する価値観を新たに知りました。

「あー、私もパール・バックのように一冊でよいので、本を書いてみたい」と、その時は本気で思ったものです。

本を読んでばかりで、また結核になったら大変と、父には本を取り上げられ、燃やされたので、今度は中二階の子供部屋で就寝後、布団の中で読みました。晩酌で酔っ払った父が時折、子供部屋に上ってくる。気配を察した私は慌ててスタンドの電気を消し、本とスタンドを布団の中に隠し、呼吸を整える。父が私の手首を取り脈拍を数える。起きていると脈拍は早い（父の持論）。安定しているのか安心して階段を下りる父。その後、また夢中になって続きを読み始める、といった感じで本を読んでいました。

この頃文通が流行っていて、私も他県の同学年の人と文通していました。彼は県内一の進学校を目指し勉強一筋、手紙はいつも勉強方法や成績のことが主な内容だった気がします。私はといえば成績はまあまあでしたが、暗記中心のテストの点数で一喜一憂しているクラスメイトを、上から目線で見ている嫌な奴でした。

手紙には「男は強く守る者、女は弱く守られる者」的な社会の常識、意識が「女を活かさない仕組みで問題があり、時代に合わせて制度を変えることが自然で大切」的なことを、繰り返し繰り返し熱く書いていて、お互いに自分の思いを勝手に便箋に書き綴って文通していたのです。笑ってしまいます。それでも学校での出来事も少しは書いていたのでしょうか。ただ、この時の文通も含めて、ノートにもいろいろ書くことで考え方を確立していったように思っています。希望の進学校に入学した彼とは、その後は文通をやめました。

私は「あなたがクラスにいると授業が進めやすい」と、担任や他教科の先生方によく言われ、学級委員でもないのに、先生の出張の時はクラスのことをいろいろ任されていました。思い出せば小学一年〜三年までは担任の先生は同じ。「あなたが掃除当番に入っていると、率先して掃除してくれるので先生は安心」と、ホームルームでよく掃除をしていると褒められましたが、恥ずかしさのあまり、真っ赤になって下を向いていました。

女生徒の中には、大好きなスターのブロマイドを持参して見せ合ったり騒いだりする人もいましたが、私は一人、雑誌から切り抜いた絵画をスクラップしていました。自分でも「年寄り臭いなー」と思いながら。当時、スクラップしていた絵画は、その後、ほとんど重要文化財に指定されています。

片道徒歩四十分の通学、友人たちと他愛ないおしゃべりをしたり、ふざけ合ったりしながらの帰り道は、とにかく楽しかった。しかし一緒に下校していた五人のうち、三十代半ばには三人が鬼籍に（三人共、子供の頃は健康そのものでした。今、健在な二人は共に虚弱体質でした）。人の命の儚さ、この世は何とも計り知れないものです。

三年の夏休み明け、また激しい腹痛で一ヵ月入院。担任の先生からは、「小学校からの通学日数が卒業させるギリギリ、留年が良いのでは」との助言がありましたが、「どこの高校でも行くので、卒業させて下さい」と、頼みこんで卒業。それまで先輩ヅラをしていたので、後輩と机を並べるのは自尊心が許さなかったのです。

三、学長の格言に勇気を得た高校時代

高校は県外の私立学園附属女子校に進学。自宅から駅まで徒歩三十分、汽車で一時間、下車駅から高校まで徒歩三十分、片道二時間掛けての通学でした。

本線だったので様々な職業の人が乗車していました。各地の方言、標準語が飛びかう車内。目についたのが、大きな荷物を背負子で担ぎ行商している逞しいお母さんたち。おおらかで声が大きく、身体の中からエネルギーが漲って自信満々。「日本の母ここにあり」でした。

お勤めの人、出張の会社員、そして私たち高校生（他校も含め大勢乗車）。友人との他愛ないおしゃべり、途中乗車の他校男子学生への仄かな想い、帰りの列車では痴漢に遭ったりもしました。出張の会社員は仕事の話、家族（奥様、同年

代の娘）の話等、車内は社会勉強の場でもありました。

ある朝、私の座っている席のまわりに他校の男子生徒数人が現れ、ギターを片手にした一人が歌い出しました。私は呆気にとられていましたが、それが私へのアプローチだと気づき、恥ずかしさのあまり俯いて……。そんなこともありました。


〝為せば成る、為さねば成らぬ何事も、成らぬは人の為さぬなりけり〟

壇上から吠えるように語る学長の言葉に衝撃を受け、熱く感動。病弱な私は父に、「身体が弱いのは前世での因縁だからどうしようもない」というようなことを言われていたからです。有名な上杉鷹山《うえすぎようざん》の言葉ですが、私は初めて聞く言葉でした。「自分の道は自分で開けるのだ」と。

小振りな身体にハイヒール、姿勢を正して壇上から毎回毎回、〝為せば成る――〟と語る学長の言葉は、「私でもできる」と、確実に私の背中を未来に向けて押しました。

クラスにはユニークな人が多く、よく勉強して、ハチャメチャもしました。担任、教師たちは若く、兄貴、姉貴的存在。エネルギーの坩堝《るつぼ》状態です。皆、仲が良く、卒業後、事務職として学園に勤めた級友を中心にして還暦まで毎年のようにクラス会を持ち、他県に住む私も時々参加しました。会場は友人の別荘、クラスメイトが経営する居酒屋、寿司店、料理屋、会社の保養所、私の暮らす地でも開催しました。芸達者が多くどこでも大盛り上がり。お腹がよじれるほど笑って、「五年分笑った」と言ってはまた大笑い。建物が、車が、笑いで揺れていました。

後年、私の依頼で学長のお墓参りがクラスメイト数人と一緒にできたことには、「感謝」です。

「どこの高校でも行くので、卒業させて下さい」と言っていたのに、実際は「この高校でなければ成らぬ」へ、だったのです。

列車の本数も少なく、片道二時間も掛かるため、部活（応援団、放送部）の参加は必要最小限でした。部活で遅くなった時、駅からの最終バスもなくなり、途中まで母が懐中電灯で照らしながら迎えに来てくれました。農作業や家事で疲れ切っていたのに、母の大きな愛には感謝しかありません。生涯、いつでもどんな時でも、「お前はよく頑張っている」と応援してくれて、どれほど励みになったことでしょう。

厳冬、町を過ぎると街灯もほとんどなく暗い夜道、天空と雪原が連なり、月が冴えざえと青白く雪原を輝《て》らし、天空一面星が撒き散らされて瞬く。突如、雪の精がサラサラ、光の衣をなびかせて舞い踊る。母と二人、悠久の世界に溶けこんで……こんな家路もありました。

身体の弱い私に父は、短大に進ませて資格を取って自立させたいと思っていたようですが、私の下には三人の妹弟がいて、それぞれ高校に通わせるので経済的に精一杯だったはずです。私も進みたい方向が分からず、今、進学するのは時間とお金の無駄だ、将来目指す道があればその時勉強すればよい、と就職を決心しました。何より私は家を出たかったのです。

しかし、身体の弱い私を遠くには出さないだろうなと思い悩んでいたところ、たまたま他地方在住で全盲の叔母夫婦（温泉街でマッサージ業を営む）が、それまで同居していた叔父の母親が高齢のため里に帰るので、一人娘の小学校入学を機に、読み書きを見てくれる人を探しているとのことでした。父が日夜近在で探していたようでしたが、帰宅してはため息をついています。私は家を出る許可を得るのは唯一これだと思い、「私が行きます」と伝えました。

父は渋々了承。もちろん叔母の家とはいえ、他人の家と同じ、ましてや勤めながらの同居は、当然倍以上大変な思いをすると覚悟しました。これまで身体が弱く大勢の人に助けていただいてきたので、ここで、できる範囲でのボランティアをして、少しでもお返ししたい。同時にそのことできっと丈夫な身体に「なれる、なりたい」と、「願掛けをする」ような思いでした。

高三の夏休み、従妹との相性を確かめるため一週間くらい滞在し、共に行動しました。従妹は大層喜んで、一緒に温泉に入ったり、地域一番の総合洋品店で買い物したりして、私を「お姉ちゃん」と呼び、共に暮らすのを楽しみにしていました。

叔母の家からの帰り、特急で偶然相席になったH大理学部二年の大学生（叔母が住む県の出身）とは気が合い、その後文通を続けました。彼の夏休みにはデートを重ね、実家にもお邪魔したりしました。修士課程修了後、研究生活に入った彼と、広いH大の構内を一緒に散策したりもしました。お互い結婚を考えましたが、飛び込めない何かがあったのでしょう。五年近くの交際に終止符を打ちました。彼との会話から、一見地味に見える研究生活ですが、顕微鏡で見る細胞の世界に色鮮やかな計り知れない未知の世界があると知り、大きな興味を持ったものです。

話を高三の夏に戻しましょう。従妹との相性が良いと分かったのでその後、父と叔母夫婦との間で（私は立ち合いなし）、「毎月食費を入れる」「私が叔母の家を出たいと思った時は、自由にさせる」、の二点を取り決めしたことを父から聞きました。さすが父は、最も大切な「自由にさせる」をしっかり取り決めてくれたと思ったものです。

全く未知の土地での就職活動となりましたが、叔母夫婦が知人に頼んで決まったのが、最寄り駅から電車で五つ目の街にある総合洋品店の婦人服売り場でした。夏休みに従妹と買い物で寄った時のイメージも決め手になったようです。

四、叔母一家と同居、洋品店勤務

高校を卒業し、叔母一家と同居、新しい生活が始まりました。勤務先では新入社員たちの紹介の後、それぞれの売り場へ配属されました。ところが私が配属された婦人服売り場で、ある事実が分かりました。

叔母夫婦は、幼い従妹を一人にしないために、私が午後六時までには帰宅できるように、洋品店の社長と取り決めていたのです。六時に帰宅するには、五時には売り場を離れなければなりませんが、主客の会社員は勤務終了後の五時以降に来店します。いちばん忙しい時間帯に私は売り場を後にして、駅に駆け込んでいました。

そんな勤務状況でしたが、「売りました」「売れました」と、私の販売成績は上々です。先輩方には「どこかで商売してたんじゃない」と揶揄されることもありましたが、可愛がっていただき、滑り出しは順調でした。三年目くらいには売り場の仕入れも任され、街ゆく人の服の色が変わった（ピンク、ブルー系、花柄から茶系、グレー、モスグリーン系へ）と、専務（社長の奥様）に嫌味を言われるほどになりました。

それでも給料は入社した時と、さほど変わりません。食費（給料の三分の一）を叔母の家に入れ、三分の一は貯金、残りは生活費他。生活があまりにも厳しく、二度ばかり「売り上げに比して給料が安すぎる」と、社長に直談判しました。しかし、「個人の売り上げではなく、職種によって決めているので、他の人と差は付けられない」と、あえなく却下されました。同僚の話だと、「街の有力店だから、良家の人で、親からお小遣いを貰える人しか勤められない」と、商工会等で社長が豪語しているとのこと。社長や同僚は、当然、私が叔母夫妻からも給金を貰っている（当時、マッサージ師の稼ぎは良く、特に叔母は一晩で私の給料の数倍稼ぐことも。私の勤める以前から、お店でも〝最高ランクの顧客〟でした）と、勝手に思っていましたが、自活の身では日の丸弁当の時もあり、同僚は不思議そうに囁き合っていました。

接客の都合でどうしても売り場を抜けられず、ぎりぎり息せき切って、涙を飛ばしながら駅まで走っても電車は後ろ姿。公衆電話から事情を話し、「次の電車で帰る」と連絡しても、普段は必要以上に「ありがとう」「助かるよ」と言って下さる叔父ですが、受話器の向こうからの「困るなー」の冷たい言葉には、心底悲しくなりました。帰宅しても「おかえり」の言葉はなく、さすがに落ち込みましたが、従妹が喜んで迎えてくれるので救われました。一緒に夕食を食べ、学校の連絡帳を見たり、宿題を見て、時には一緒に本を読んで、ふざけっこをしたり、よく遊びました。従妹は「お姉ちゃんがどこかに行ったら、一緒について行く」が口癖でした。寝かしつけた後は読書三昧。世界文学全集を購入して読み、武者小路実篤の『新しき村』の実践運動の雑誌も興味を持って読んでいました。

退職後、たまたま通勤途中の他店で買い物をした時、私の帰宅時には、皆さん店頭に並んで私を毎日見ていると言うのです。「今日もおしゃれで、サッサッと格好良く素敵だなー」と。人の目って不思議だなーとビックリ。私は電車に遅れまいと必死に駆けているのに。

叔母は兄二人、弟一人に挟まれて育ったのですが、母の話によると、長兄は国鉄職員だけれど、結核で自宅療養。次兄（私の父）も国鉄職員。弟はまだ幼いため、叔母が農家を継ぐと言い、不慣れな飼い馬を繰って目を蹴られ、治療の甲斐なく若くして全盲になった、と。私も母と一緒に、叔母が入院している病院に行った記憶が微かですがあります。当時、近在では全盲者は「イタコ」になるのが一般的だったようですが、父は嫌がり、役所に相談しても埒が明かず、一人奔走して全寮制の盲学校を探し、叔母はそこでマッサージの技術、生活全般を学んだのです。叔父とはそこで知り合い結婚しました。

伯父が自宅で療養中、私は母の実家で生まれ、どれくらいの月日で帰ってきたのでしょうか。

父は伯父が私に触ることを嫌がったそうですが、伯父は私をとても可愛がってくれ、大切な本を私が破っても、「おまえに全部あげるからいいんだよ」と言ったそうです。痼癪持ちの伯父の言葉に、両親共胸を撫で下ろしたと――父は伯父の結核のことは、一切私に話したことはありません。近在に聞こえるほどの秀才だったと、淋しそうに呟いていた記憶はありますが、私が幼い頃亡くなったそうです。伯父の記憶は全くありません。結局父は、国鉄に戻ることができず家の跡取りになったのです。

叔母は気の強いサッパリした気性の人で、事故に関していろいろな思いもあったでしょうが、運命を呪うこともなく前向きに生き、いろいろ話してくれました。まだ若く実家に居る時（事故に合う前）、伯父が短歌（俳句?）を創って新聞に掲載されると、当時はお金が貰え叔母が新聞社（?）にお金を受け取りによく行ったこと等、伯父の人となりを初めて知る思いでした。

結婚当初は何もなく、りんご箱をちゃぶ台にして暮らしていたそうです。

叔母は全盲ですが、お札、小銭、全て指で触って分かります。料理、簡単な針仕事、掃除洗濯、タンス内の衣類の収納場所、庭の手入れ等、できることは何でもします。すず虫の飼育は得意で、地域新聞で紹介されました。近所の人でしたら足音で聞き分けます。記憶力や手のひら、指の感覚も優れています。よく皆さん「障がい者はかわいそう」と言いますが、一緒に暮らしてそう思ったことは一度もありません。「それぞれの個性だなー」と、お互いに補い合いながら暮らせれば良いことで、交流があれば多くの人がそう思うと確信しています。

二十数年前、大正琴のある流派がアテネの市庁舎で友好演奏会を行うことになり、趣味で長く続けていた叔母も師範に誘われ参加。従妹も同行しました。全国から総勢五十名くらいです。全盲の叔母の一挙一動に目をこらしていた他の参加者は、特に食事の時は興味津々の様子。

でも叔母が周りの方々と同じように食べているので、その後、そのような関心はほとんどなかったそうです。

最寄り駅からバスで一時間くらいのところに有名なスキー場があり、冬の休日になると私は、ゲレンデスキーですがほとんど一人で滑っていました。そうです、「身体はすっかり健康になりました」。

三年目に入る頃、従妹も少し我が儘になりました。私がいることで助長させるのは良くなく、四年生からは親子で手を取り合って生活するのが最良との思いを固めました。病弱な私でも四年生の頃から家事に責任を持っていたので、従妹も大丈夫と。また、住まいも隣家と連なっていたので、人の目、耳もありです。防犯上も安全と確信しました。

この頃、仕事面でも「商品化される製品は、どのようなコンセプトで製作されているのか」「製作に携わる方の思いの原点を見てみたい」との思いを持ち始めていて、画家の友人に「東京のデザイン学校に行きたい」と相談しました。都内の画家仲間が調べて下さり、桑沢デザイン研究所が良いと聞いて、桑沢を目指すことに。試験は確か国語、図形、デッサンの三教科。国語、図形はともかく、デッサンは全く経験なし。早速週一回、友人のアトリエで習うことにしました。「へタだなー」と笑われながらも半年くらい通いました。その時話してくれたのが、友人の画家仲間がパリ留学していた時の、パリの画家の卵のこと。「世界中から画家の卵がパリのアトリエに集まってデッサンをする。〝ヨーロッパ人は日本人に比べて、とにかく見るに耐えられないほど下手くそ〟。けれども、明けても暮れてもデッサン、デッサン。時が過ぎある日、彼等のデッサンは異彩を放ち、日本の画学生は足元にも及ばなくなる人が多い」と。そんなこともあるのかと、遠い世界を想像して聞いていました。

一度も行ったことがない東京。「受験の前に桑沢を見学しておいた方が良い」と言う友人の計らいで、友人の所属している国展の開催に合わせて上京。画家仲間の方々を紹介され、今回、私の件で奔走して下さった方々にお礼を述べ、桑沢を見学。建物の外部だけ見て、「シンプルでどうってことないなー」と思いながらの日帰りの旅でした。

願書を提出。入試当日は前日より市ヶ谷のユースホステルに泊まり、受験しました。結果は、「サクラ散る」。

その後、思ってもいなかったⅡ部（夜間）を受験することに。受験科目は国語、小論文、面接だったでしょうか。小論文は「製品に対する製作者の責任」のようなことを書きました。面接では二人の面接官に「小論文の内容が難しすぎる」と言われ絶句。「こんな単純明快な論理はない」と思っていましたが、日本の製造業の一部は、私が感じていたように、「明確なコンセプトがないんだ」と勝手に乱暴に思ったものです。

当時も今も桑沢は日本を代表するデザイン学校で、ドイツのバウハウスの理念、「芸術と生活を合わせたシンプルな建築を目指す」に感銘を受けた日本の各方面のデザイナーが、熱き想いで創立した学校と入学後に知り、「良かった。私も熱き想いで勉強しよう」と思いました。そうです。Ⅱ部は何とか合格。

ところがです、肝心のお金は貯金が少しあるだけ。アパートを借りると、あとは東京でのとりあえずの生活費で終わってしまいます。入学金や授業料は、「従妹の授業参観など学校関連で休んだ日数、叔母が怪我で入院した時依頼され、会社を休んでお手伝いした日数、叔父が軍人の時の友人数人を同行訪問した時の日数、その他叔母に依頼され休んだ分は、私のために積み立てている」と、叔母が常々言っていたので、父にこのお金のことを叔母に切り出してよいか、手紙で問い合わせました。返事は「ノー、何も言うな」です。このお金を当てにして計画を立てていた私は困り果て、父に入学金と授業料を出してくれるようお願いしました。まだ弟妹が高校在学中、予定外の私の依頼に頭を抱え込んだはずですが、何とか工面して下さり、東京へ行く準備を着々と進めました。

それにしてもこのような状況で、最初は入学金、授業料が数倍の全日制を目指していたとは、我ながら世間知らずにも呆れてしまいます。

勤務先の社長には、あの手この手で慰留されましたが、一歩踏み出していた私は前へ進むのみ。従妹とはよく話し、叔母一家もその頃には諦め、応援して下さっていたように思います。

保育士専門学校卒業の従妹は、公務員として保育業務に定年まで携わり、定年後も再任用され今も働いています。

因みに叔父（父の弟）も国鉄に勤め、その後民間会社となったＪＲに勤め、定年後は都内の関連会社の社長として長く勤めました。

五、デザイン学校から店舗設計へ

「最終Ⅱ部の倍率は九倍以上、学校始まって以来の高倍率、そこを通った人はよく頑張りましたね」と、入学式では学長桑沢洋子さんの労いの言葉がありました。「そうなんだ」とびっくりり、同時にあの小論文が合格の決め手だったと勝手に思っています。

住まいは杉並区方南町のアパートの二階に決まりました。三畳一間、トイレと台所は共用、当時としても最安値の物件。それでも居場所ができてホッとしたものです。実家から布団が届いた時は、安心してありがたくて涙が止まりませんでした。電球も付いてなかったので、近くの電気店で購入、ようやく人心地つきました。この電気店ではその後、いろいろと相談に乗っていただき親しくして下さいました。後に結婚することになる彼は、この店でアルバイトをしていた一人です。

後日、トランジスタラジオを購入しました。午前0時から始まる城達也の『ジェットストリーム』導入部分のナレーションを聴くと、狭いアパートにいるのも忘れ、一緒に天空を翔けて眠りに落ちるのでした。

Ⅱ部学生は仕事を持っている人も多く、年齢もマチマチ。さすが、デッサン力抜群の人もいました。私は「へのへのもへじ様」のデッサン力、まあ致し方ないです。学友にアルバイト先を紹介してもらい、学校にも慣れ、何とか東京生活をスタートしました。

課題は結構出ていました。エアコンも扇風機もないアパートで、汗だくでキャンバスに向かって制作。集中できない時は、「エイヤッ」と着物を着て帯を締めると、不思議とスーッと身が引き締まり課題が進みました。

桑沢は代々木競技場の隣にあります。自宅通学のクラスメイト宅に集まってオニギリ会をしたり、原宿、渋谷の喫茶店でおしゃべりをしたり、ハチ公前のスクランブル交差点は毎日のように通っていました。パルコ、西武百貨店は斬新で刺激的。エネルギッシュで躍動感溢れる街で学生生活を満喫しました。

アルバイト先は市場調査会社で、私はグラフィック課で、資料をグラフや図にしていました。三階の広い部屋は営業課が多くを占め、パート、アルバイトを含め常時十五人くらいいました。

「今日は何が起きるかな」、毎朝ドアを開ける時はワクワクしました。「不思議の国へ」のドアを開けるのです。

営業課のK大卒、筋骨逞しい毛むくじゃらの男性は超マザコン。昼休みはママの話題、休日は他県に住むママの元へ帰るとのこと。このようなマザコンは物語の中だけと思っていましたが、実在しました。

主任の女性は新婚さん。実家を出ているにもかかわらず様々なことに口を出します。昼休みは妹弟に毎日のように電話で指示、差配。お姉さんは結婚後も塩辛

郵便はがき

料金受取人払郵便

新宿局承認

2524

差出有効期間
2025年3月
31日まで
(切手不要)

1 6 0-8 7 9 1

141

東京都新宿区新宿1－10－1

(株)文芸社

愛読者カード係 行

ふりがな お名前		明治 大正 昭和 平成 年生 歳		
ふりがな ご住所	□□□-□□□□		性別 男・女	
お電話 番 号	(書籍ご注文の際に必要です)	ご職業		
E-mail				
ご購読雑誌(複数可)		ご購読新聞 新聞		

最近読んでおもしろかった本や今後、とりあげてほしいテーマをお教えください。

ご自分の研究成果や経験、お考え等を出版してみたいというお気持ちはありますか。

ある　ない　内容・テーマ(　　　　)

現在完成した作品をお持ちですか。

ある　ない　ジャンル・原稿量(　　　　)

書名				
お買上 書店	都道 府県	市区 郡	書店名	書店
			ご購入日	年　月　日

本書をどこでお知りになりましたか?

1.書店店頭　2.知人にすすめられて　3.インターネット(サイト名　　)

4.DMハガキ　5.広告、記事を見て(新聞、雑誌名　　)

上の質問に関連して、ご購入の決め手となったのは?

1.タイトル　2.著者　3.内容　4.カバーデザイン　5.帯

その他ご自由にお書きください。

(　　)

本書についてのご意見、ご感想をお聞かせください。

①内容について

②カバー、タイトル、帯について

弊社Webサイトからもご意見、ご感想をお寄せいただけます。

ご協力ありがとうございました。

※お寄せいただいたご意見、ご感想は新聞広告等で匿名にて使わせていただくことがあります。

※お客様の個人情報は、小社からの連絡のみに使用します。社外に提供することは一切ありません。

■書籍のご注文は、お近くの書店または、ブックサービス(0120-29-9625)、セブンネットショッピング(http://7net.omni7.jp/)にお申し込み下さい。

いんです。

風来坊風の男性社員は社内一の美人と婚約、会社を辞めさせめでたくゴールイン。彼の親友すら、結婚式の案内状が届くまで気づかなかったそうです。

超イケメンで、弾力ある声がフロア中に響き渡る営業部長。ですが部長職故か孤立気味。ある日の昼休み、フロアにいる全員にキャンディのお裾分けを配りました。もちろん部長にも。すると「ありがとう」と、例の響き渡る声で放ったのです。配った私も、他の全員もビックリ、よっぽど嬉しかったんでしょうね。

グラフィック課の一人置いた隣の席の方は、社内恋愛で婚約中、お相手の男性はしょっちゅう来ては♡♡、お熱いです。

仕事中、窓から青空を見ては時々ため息、「こんなコンクリートの箱に入って、私は一体何をしているのだろう」と。仕事が一区切りした、空が真っ青な朝、会社に向かっているのにアルバイトの特権とばかり、途中から海へ行き先を変更。会社に休みの連絡を入れ、弾けて空と海、風と遊ぶ。身体と心を解きほぐし、太陽の光を細胞のすみずみまで届けてリフレッシュ。もっとも、地元の人たちは、女一人海へ向かったので自死するのではと心配していたようで、帰りに挨拶すると「ホッとした」と呟いていました。ご心配をお掛け致しました。

桑沢では忙しい講師の方もいて、授業が始まっても顔を出してくれない時もありました。そんなある日、課題を持ち寄っていた私たち。時間になっても講師は現れず、クラスメイトはいつものようにあちらこちらで固まって談笑し、時は過ぎていきます。私はもう限界でした。

「小、中学生じゃあるまいし、私たちは自ら学ぶために桑沢に通っているのに、講師の指示がなければ何もできないとは情けない、課題を出して進めましょう」

と発言しました。

皆、弾かれたように一斉に動き出し、課題を並べたところに講師が登場、授業を進めました。帰り道、クラスメイトの何人かが私の行動を褒めて下さいましたが、私は大きな孤独を感じたものです。

友人から社会学の人気の講座があると誘われ、受講しました。教室は満席に近かったように思います。「さすが」と。しかし講義を聴いてだんだんムカムカ。周りを見回しても皆さん熱心に聴講していて、何の疑問も持たない様子です。そのまま席を離れることも思いましたが、「ここは共に学ぶ場なのだから」と手を挙げて発言しました。

講師の「ぜひ前に出て説明して下さい」の言葉で、黒板に分かりやすく図を書いて解説しました。たまたま読み終えていた、アルビン・トフラー著『未来の衝撃』を参考にしたのですが、当時かなり話題になった書籍なのに、その場の誰も読んでいないことにショック。この時の解説は、講師を含めほぼ全員理解、納得できたようで、場の空気が「熱く一つになったように感じた」ものです。

授業後、大勢で喫茶店に立ち寄り終電まで盛り上がり、以後は他のクラスの方や教員からも声を掛けられ交友関係も広くなりました。「今の学生は大人しい」「四年前までの学生は教師と激論したり、上下関係なく皆熱かった」は、当時の教員の嘆きです。

　声を掛けて下さった他クラスの一人から、「桑沢の四年前の卒業生たちと仕事をしているので、遊びに来て」と誘われ、高台にある広い庭付き住居兼設計事務所を訪問しました。個性的な方が多く、私も加えていただき、たびたびパーティ、青春真っ盛りでした。

　アルバイト先ではその当時、正社員とパート、アルバイトの賃金格差が今より大きく、パート、アルバイト全員の時給アップを私一人で会社と交渉しました。会社側からは「全員の時給アップは認められないが、私を正社員にするのでどうか」との返答。私は正社員になりたいために交渉したのではないので、一年くらいの勤務でしたがこの時点でアルバイトを辞めました。

　後日、所属する課の方が中心となって送別会をして下さることになりました。アルバイトでは初めてのことだそうです。営業部長も餞別を下さり、馴染みの喫茶店を借り切って、他課の親しい方々も集まって下さり、ギターを持参して弾き語りして下さる方、かぐや姫の「神田川」は私のイメージと言って歌って下さる方、皆で歌って大いに盛り上がりました。課長には入社時より懇意にしていただき、皆さんにも仲良くしていただき、さらに心に残る送別会まで開いていただき、「ありがとうございました」。

桑沢ではⅡ部、基礎課終了後、専門課への入試がありました。が、当日寝坊して遅刻、桑沢とは縁が切れました。アルバイトを辞めたことで、遊びに出掛けていた設計事務所を手伝ったりしていましたが、仲間の紹介で工務店の店舗、住宅設計室に就職しました。

この頃、東横線の綱島に駅近、キッチン・トイレ付六畳一間のアパートに引っ越しをしました。工務店の設計室は私の所属する店舗設計部しか仕事がなく、半年くらいで閉鎖。主任の計らいで、主任の多摩美術大学時代の友人が経営する店舗設計事務所（恵比寿）に再就職しました。

この店舗設計事務所でようやく腰を据え仕事に向き合うことになります。すぐに店舗設計を担当させていただきましたが、完成した店舗を見てあまりの変哲のなさに、一歩を踏み出せない自身が情けなく、悔しくて号泣しました。その後、一店舗ごとに与えられた条件、人の流れなど状況を分析し、その場に合ったイメージを創り上げプレゼン。自分らしさを打ち出せるようになりました。

そんな日々の中、キャップ（所長）に同行を求められ、ある美容室へ。キャップが持参したプレゼンをオーナーに説明しています。ぼんやり聞いていた私に急にオーナーが、「あなたはこのプレゼンをどう思う」と聞いてきたのです。びっくりしましたがこの時は忖度せず、自分の思うところを述べるべきと、「基本となるコンセプトが曖昧で、どうしてこの形・色でなければならないのかが不明のため、全体として散漫な印象を受ける」と伝えました。すると、オーナーが「あなたにお願いするわ」、「ただしお客様は資産家が多いので自宅は豪邸、高価な物はたくさん見慣れているわ。だからヘタにお金を掛けないでデザインで勝負してね」と。それで決まりです。

青山の超一流の美容室です。お客様は政財界の奥様やお嬢様、一流企業にお勤めの方。スタッフの中には、パリの美容師世界大会へアカット部門で優勝した凄腕も。当時のパーマ全盛時に、顔立ち、髪質に合った画期的なヘアカットを売りにしていました。一階にはケーキ店が入っていたビルの二階が美容室、三階は日本ではまだ珍しい全身エステサロンでした。

階により目的が異なるので、それぞれのコンセプトをしっかり出してプランニングしました。美容室はステンレスを多用した、斬新な中にも大人っぽい花柄の壁面に、エステサロンは裸身になっても安心できる淡い紫色と照明を効果的に使用。幸いにも各階共、オーナー、美容師、お客様にも大好評でした。

この少し前から、設計だけでなく施工にも携わることになりました。木の材質、特長を見分けることは無知に等しく、少しでも知るために工務店の作業場に足繁く通うようになりました。プランニングの時は集中力を研ぎ澄ますので、胃が固形物を受けつけずガリガリに痩せ、現場に出ると身体を使うので二人分食べてふっくらする。この繰り返しでした。

オーナーの中には、若すぎる私に不安を覚える人もいましたが、打ち合わせ、工事の手配などの過程でキャップや他の社員の様々な支援もあり、徐々に信頼を得ました。完成間近には近在の有力者を集めパーティで設計者である私の紹介をと請われましたが、そのような場が苦手な私はキャップに代わっていただき欠席。店舗はそれぞれの生活が懸かっているので売り上げ、利益が最重要です。遊びを取り入れた店舗はそれぞれ繁盛店になりました。

時が経つにつれ、「叶うことなら住宅のインテリアデザインに関わりたい」と思うように。しかしその分野は仕事としては確立されておらず、また、私自身の生活体験があまりにも乏しく、このまま仕事だけ続けていても限界が目に見えていると結婚を決意しました。方南町に住んでいた頃から交際していた大学生の彼は、ノンポリで青い人。二人で布団の中でジョン・レノンの『イマジン』を聞いたり、手足を延ばして大の字になって暮らしてゆける人かなと思いました。結婚後も東京で仕事を続ける予定でしたが、彼は関東地方に住む両親に、大学卒業後に帰って来てほしいと切望され、実家に帰り就職していました。さらに結婚後も同居を希望され、当時の私は、「東京より環境が合ってるかも」と思って簡単に同意。あまりにも無知でした。

婚約を機に退職したのですが、事務所で十二日間のヨーロッパ遊行を計画していて、結婚祝い（?）として私も連れて行ってくれました。一ドル三百六十円、まだまだ海外旅行は高嶺の花でした。

行きはアンカレッジで給油の北回り、ヒースロー空港へ飛行機が向かっていた時、パーサーが乗客の一人一人に窓から機外を見るよう案内しています。何事かと夜の暗がりに目を凝らすと、ブルーグリーンの煌めき揺れる壮大なカーテン、オーロラです。「息を飲む」とはこういうことなのでしょう。ただただ感嘆、何の知識も持たず旅に出たのですが、女神がほほえんでくれたのでしょう。

ヒースロー空港から第一の目的地、スペイン、セリビア（記憶が曖昧）へ。上空から観た景色（辺り一面、整列したオリーブ畑で雑草がほとんどない）には目を丸くしました。スペインが地中海性気候と学んでも、その実体は理解の外でしたが、まさに目の前にその姿が展開しているのです。温暖湿潤気候の日本（北海道を除く）は、緑豊かで水も豊富ですが、どこでも雑草だらけです。農家育ちの私、草刈りをせずに済む「雑草のない田畑や町が羨ましい」、「大地に縛られず時間に余裕がある」と、単純に一面的な視点で勝手に思ったのです。

ホテルに着いた時は体調が優れず一人ベッドで横になり、他の同行者は市内見物に。少し休んだら気分が良くなり、市内見物へと繰り出しました。商店街をブラブラしていたら、買い物に来ていた地元の中学生数人と仲良しになり、一緒に行動。街の看板はローマ字標示で分かりやすく、後は手振り身振り。「楽しかったー」。一時間ちょっとくらいでホテルに帰り、ちょうど同行者たちも帰ってきて、私の冒険談を聞いて目はまん丸でした。

続いてゴルドバ、グラナダと観光。どこの街でしたか、添乗員さんの「地元の人たちが楽しんでいる穴蔵バーがある」との情報で、私たちも行ってみることに。日本人の観光客ということでけんもほろろに入店拒否されましたが、めげずに「私たちは一緒に楽しみたいだけだ」と説明すると、協議のうえで、中に招き入れて下さいました。食べたり飲んだり、ギターに合わせて一緒に歌ったり、踊ったり。「アミーゴ」「アミーゴ」、帰りには「明日もおいで」と嬉しい誘いも。当時、札ビラを切って（嫌な言葉です）思い通りにさせる日本人というイメージを持たれていたからでしょうか。

あるレストランでは老夫婦カップル四組の隣のテーブルに座り、ランチをとりました。しばらくすると隣りのテーブルの興に乗った四人がダンスを始めたのです。すぐ私たち一行とも仲良くなり、ジェスチャーで会話を。どちらかというとご婦人の方が元気。一人がバナナを手に取り、ご主人に見立てておどける様は、嫌味なくユーモラスでアッケラカンとしています。日本ではワンカップル、男同士、女同士がほとんどですが、こんな世界もあるのかと、新鮮な驚きでした。

もちろんワインを朝から水のように飲む文化ですので、観光地の建物の床に、アメーバのように貼り付き正体をなくしている人もいました。

アルハンブラ宮殿、サクロモンテの丘洞窟住居、セビリア大聖堂、スペイン広場、世界一のフラメンコダンサーのステップには魅了されました。

サクロモンテの丘洞窟住居観光の時でしたでしょうか、私達一行は無心する大勢の子供、赤ん坊を抱いた若い女性の一団に囲まれてしまいました。同行者の心優しい一人が気の毒に思ってついお金を渡してしまい、彼だけ標的にされかなりせびられていました。先にせびった子供はそのお金でタバコを買い、これ見よがしにタバコを吸い煙をくゆらせていました。

もちろん添乗員からは安全な場所、超危険な場所、無心する子供、若い女性に対するアドバイスはありました。また、同行した人の中には、最後に訪れた最も危険な街ローマで、怪しいバーに誘われ所持金を総て奪われ（幸いパスポートは無事）しょんぼりする人も。

ローマでショーウインドーのカラフルな色彩に感嘆、購買意欲を掻き立てられましたが決心はつかず、購入には至りませんでした。

帰りは香港経由で南回り、羽田でタラップを降りて気がつきました。日本は湿度が高い。「太陽の光がそのまま届くローマでこそ、カラフルな色彩は映える」「細かい霧の粒が太陽の光を遮る日本は、古来暮らしに定着している微妙な色合いこそが美しく見える」ことに気がついたのです。大きな収穫でした。さて、世界的な気候変動が起こっている現代はどうでしょうか。

その後、数回海外旅行をしていますが、このヨーロッパ旅行を含め、東京の夜景の煌びやかさには慄《おのの》きます。資源をほとんど輸入に頼っている日本、果たしていかなるものか。

東京での暮らしは、五年でピリオドを打ちました。

六、結婚、義両親と同居、そして別居

夫の里で挙式。関東の農村地域での夫の両親との同居生活では、夫の意向の元で、幾つかの取り決めを交わしました。

一、生活費は別にする。
二、両親の家（後で知ったのですが、敷地、住宅共夫の兄の所有）であるため、家賃を入れる。
三、食費は互いに出して、食事作り、家事は私が行う。
四、義父母は家内工業を営んでいるが、私は一切タッチしない。
五、お互いの生活に干渉しない。

このようなことだったと思います。

私は自分を追い込まないため、「決して良い嫁にはならない」と固く決心。近隣の結婚した女性は当然のようにパートに出ていたようですが、私は本ばかり読んでいました。それまでの体験から安い時給で働くのは嫌で、「トータルで計算すると生涯賃金に大きな差がある」「とりあえずで働くことはしない」「働くなら正社員」と決めていたのです。

夫の両親は、根は素朴な方たちでしたが、当然のように私たちの生活に口を出してきます。義父は「来ちまえば約束はどうでもよく、こっちのもの」と言っていたようです。私が妊娠すると義母の「生まれた児は自分が構う」には言葉もなく、夫の判断で同居一年半後には家を出ることに。ここでの暮らしは、家制度の名残が色濃いものでした。ここでの体験から、後に「家父長制」「ジェンダー」を否応なく勉強するようになりました。

夫は県庁所在地にある家具問屋に勤めていましたが、その勤務地にある借家に引っ越しました。お腹の児は臨月でした。全く知らない土地での出産。母が三週間くらい来てくれましたが、母が帰った借家で一人、人形ではなく、手足をばたつかせ泣いている赤子を抱きしめ、沐浴、オムツ交換、授乳はともかく、育児は全くの無知である自身に呆然としました。「今まで何を学んできたのだろう」と。

義両親とは出産を機に行き来するようになり、近所の方々、新しくできたママ友に助けられ、子供の泣き声に翻弄され、笑い声に癒やされながらも必死でした。そのうちにまた妊娠、出産。母もまた、手助けに来てくれました。年子の男の子です。

夫は仕事で帰りは遅く、出張も多々ありました。帰りが遅い夫を案じながらも、もしも夫の身に何かあっても実家は当てにできず、私は「この子たちをどう守り育てて行けるのだろう」。生活費もギリギリ。思案の末、当時一般化していた、子供のための学資保険積立てをするのではなく、「いつでも正社員として働けるよう、自己投資して勉強するしかない」と決意を固めました。

同時に「子供が二十歳の成人を迎えたなら、教育費は出しても他の生き物に習って、家から出して自立させよう」と決心。「もたれ合う親子関係は互いを束縛し合い苦しむ」。婚家と夫との関係から、自分なりの育児方針を固めました。

婚家で同居している時、こんなことがありました。夫が台所で私の食事作りを手伝っていた時、義母が「男子厨房に入るべからず」と言ったのです。ビックリです。私は彼が学生時代自炊をしている姿を見て、結婚の条件の一つにしていたからです。夫はそれから台所に立つことはほとんどなくなりました。

ある時、夫婦喧嘩をした義母が、私たちの借家に家出してきたのです。高熱で寝込んでいるのに義父が「俺の晩飯はいつできる」と催促してきて、「トコトン嫌になった。家を出て私たちと一緒に暮らしたい」と。話を聞いているうちに落ち着き帰りましたが、義母は多分気づいていないと思うのです。「男子厨房に入らず」が、今回の義父の行動につながっているとは。

ジェンダー問題は「男社会だからだ」と思われていますが、生活の中に深く根を張って気がつかないまま、女性たちもそういうものだと手を貸している部分もあるのではと思います。

義母が入院した時のこと。ベッドの周りで義父の生活をどうするかを話し合いました。私は「ご飯の炊き方、洗濯機の使い方を教えるので自分で行うように。おかずは、毎日義母のお見舞いに来るので、帰りに途中のショッピングセンターで好きな惣菜を好きなだけ買ってね」と提案。義父は「それなら自分でできる」と大喜び。ところが二人の義姉が「老父にさせるのはかわいそう」と反対。「それでは他県在住のお二人に義父をお願いします」と私。すると二人共血相を変えて仕方なく同調しました。このようなことはどこにでもある話、私たち女性が気づいて行動しなければ変わらないのでは。ちなみに義父の私への信頼は、その後揺らぎないものになりました。

義母が家出した時には、私が義父に意見しました。私のことを「あいつはハッキリものを言うので、辟易することもある」と、夫に話したこともあるそうですが。

「社会問題などの難しい（？）問題は主人や男の人に任せて、私は波風立てず従順な良い女」と、いまだに発言を控えるのが女らしいと思っている女性も少なくないことが、日本が先進国の中でジェンダーギャップ指数が最下位の要素の一つになっているのでは、と思います。

決定権を男性に委ねた結果、「女は利口じゃないから、誰でもできる育児と介護をさせよう」と、最も大変で大切な育児と、親の介護を押し付けられてきた女性たち。

近年、保育、看護、介護の分野にも多くの男性が従事するようになりましたが、過去には女性の仕事であるからと軒並み賃金を低く抑えられ、賃金アップをしても、いまだに他の分野よりも低い状況です。

腕力、権力、分配だけで人の上に立つ人より、「育児、教育、介護など、いずれかに携わったうえで、俯瞰して全体を把握できて、全ての国の平和を願う人こそこれからのリーダー」と思う私は妄想癖があるのでしょうか。

七、自宅の庭で雑貨店を営む

長男が保育園に通い始めた頃、近所に新築の家を建てて引っ越しました。県庁所在地とはいえ、郊外の田舎です。

デパートも決まりきった品揃え、楽しいお店もなく、「つまらない」「楽しくない」が口癖になっていました。が、ある時、自分の口から出ている言葉に気づき愕然。「もしかしたらこの地方都市に一生住むことになるかもしれないのに、一体私は何をしているんだろう」と。

下の子が保育園に通い始めたのを機に、「小さくてよいので、消費者が手頃な値段で買える雑貨店を営もう」と夫に相談しました。仕入れ資金を夫に借り、夫の協力の下（家具問屋で関東圏内の輸入雑貨店を目にしている）、輸入雑貨店に一人で直談判。手頃な値段の籐の籠、アクセサリー、好きだった沖縄ガラス、京都のデパートにも出品している友人の手創りエプロンなど、どこへ行っても卸して下さいました。

店舗はプレハブをローンで購入し自宅の庭に建て、中古の軽バンもローンで購入。看板は手作り、お手製のチラシを近隣のポストに投函しました。

そしてオープン。住宅街の外れで自宅前は畑。お客様はチラホラでしたが、噂を聞いて遠くから来る方もいらっしゃいました。

軽のバンで高速を走り、熊谷、福生と仕入れに回り、福生では人の行かない方へと足を運ぶと、米軍関係者を対象にした手創りアクセサリー店、ガラス工房など独特なお店がありました。皆さん、喜んで分けて下さいました。

既製服の販売も始めました。自宅でファションショーも開催、もちろんモデルは当日訪れたお客様。モデルになったり、観客になったり、最後は皆さん堂に入ったモデル振りを披露し、拍手喝采です。

合間に洋服の歴史をザックリ解説。日本は着物やモンペ、西洋の女性はロングスカートが日常着。上流階級ほど、動きにくく身体を締めつける洋服を着用。現代は（宗教上の理由を除く）ほとんどの国の国民が、タブー視されていたTシャツ（元々は下着）、過酷な労働者の作業着だったGパンが日常着として定着。身体が楽に動ける方へと、市民権を得、移り変わっている。今は最先端企業のCEOが、製品発表の場でも、Tシャツ、Gパンの時も。どうしてでしょうか。「身体と心と意識を解き放ち、自由な発想を得るため」でしょうか。

時には、クラシックギターの生演奏も入りました。

華やかなフラメンコショーでは、ショーの後半、出演者の方々が持参した衣装を希望の観客が着用し、その場で教えていただいたタップでダンサーと一緒に踊る、という企画をしました。私の予想に反して多数の手が挙がったのは、びっくりするやら嬉しいやら。皆さん意外と大胆。

以前から必要性を言われていましたが、この頃にインテリア産業協会によるインテリアコーディネーターの資格制度がようやく発足。私も少しずつ勉強を始めました。

それにしても今、時間を巻き戻せたらと悔やむことは、二人の息子が「お母さん聞いて」と幾度となく言ってきたのに、「後でね」と返事をしてしまったこと。「あー、やっぱりね」と息子たち。どうして話を聞くことができなかったのだろうと、自身の余裕のなさ、情けなさに、長いこと夢でもうなされていました。せめてもと、今、いろいろな想いを息子たちと飲みながら語っています。

こんなこともありました。息子たちの靴が玄関で飛び散らかって、何度注意してもそのままです。ある時、自分の靴の脱ぎ方を見てビックリ。私自身も脱ぎっぱなしだったのです。冷や汗がドッと出ました。それから靴を揃えるようにしたら、何と息子たちも真似たのです。「子育ては親育て」。まさにその通りだと実感した出来事でした。

街の中で商売をしている同業者からは、私の品揃えを見て、「この場所ではもったいない、街の中なら飛ぶように売れると」と言われましたが、「商売より子供たちとの暮らしを選んでいた」ので、心が動くことは一度もありませんでした。

こうしてローンを少しずつ返し、夫からの借金も返済。仕入れ資金も毎月順調に確保しました。何と言っても手元にそれなりのお金が残り、好きな本を読めるのが最高です。この頃読んだ本で記憶に残っているのは、宮沢賢治の一連の作品。中でも『銀河鉄道の夜』『注文の多い料理店』『セロ弾きのゴーシュ』。南方熊楠に関する書籍の数々。そしてレニ・リーフェンシュタールの写真集『ヌバ』には大きな感銘を受けました。

八、事業の失敗と不思議な体験

九年くらい前でしょうか。夫は前の会社の上司、同僚と三人で新たに家具問屋を設立していました。元上司が社長、夫と元同僚が役員です。

ある日、夫が顔色を真っ青にして帰って来ました。「会社を辞める」と言うのです。青天の霹靂とはまさにこのことです。

前日に社長より、将来への新たなビジョンを語られ、「今後もより強い思いで会社で頑張る」と張り切っていたのに。

その日、新たに発表された体制では、今まで共にナンバー2の立場だった元同僚がナンバー2、夫はナンバー3だったとのこと。

二人でいろいろ話し合いました。夫は「辞めてとりあえずゆっくり休みたい」

と。えーえー、私はと言えば、「私たちの明日からの暮らしはどうなるの」と。息子たちはまだ中一、小六です。

会社役員である夫には、失業保険はないのです。他業種会社勤務は拒否する夫。婚礼家具などを販売している家具業界は斜陽産業。これからは大量に同じような家具を在庫として持たず、私の得意とする部屋別にレイアウトした提案型の家具店で、今扱っている雑貨と組み合わせたら時流に乗れ、将来性があるかもと話し合いました。ただ、あまりにも急すぎて、「市場調査、方向性、準備のため、一年くらいは今の会社で頑張って下さい」「間違っても退職の件は言わないように」と、念押ししてお願いして、夫も了承しました。

それから五日後くらいでしょうか、心が弱っていたのか「一年後には会社を辞めて家具小売店を営む」と、社長に言ってしまったのです。社長から「明日から来なくてもよい」と、宣告されてしまいました。

それにしてもです。再度会社勤めを希望する私と、会社員になる気のない夫は喧嘩の毎日。私の言葉を受け付けず、夫は目の色が変わっていきました。

家具店を営むにしても当然自己資金だけでは足りず、彼が両親に出資の依頼をしました。たまたま義両親は畑を売ってお金を持っていたのです。何の計画性もなく、急に家具店を開業したいと言っても、お金を出すはずがない。間違っても出資してほしくない。そんな私の祈りも虚しく義両親は出資、夫は動きました。

幾つかは私の案も通りましたが、基本的には夫がいた今までの業界と同じ方向。私はオープン前に倒産の二文字がちらつきました。それでもいろいろな人の手を借りて、自宅近くに家具店をオープンさせました。

雑貨店時のお客様が来店され、帰り際私に耳打ちしました。「なんであなたが中心でないの、これじゃ無理よ」と。見える人には見えるんですね。

広い倉庫兼店舗、奥には似たような家具がズラーッと並んでいます。毎日掃除機を掛けながら、「何をしているんだろう」。夫の帰りが遅いと心配で、子供と共に当てもなく探し、「どうしてこんな思いをしなくてはならないだろう」と、玄関で泣き崩れることも。お金が羽根を付け、唸って飛び去るのが分かりました。喧嘩の毎日、オープンから一年経った頃、夫が私に振り上げたイスを力なく下し、「店を閉めよう」と。「夫と息子を守れた」、私は心から安堵しました。テレビからは官房長官小渕恵三と「平成」と書かれた書の映像が繰り返し流れていました。

営業中、こんなことがありました。新築のお客様にアドバイス、プレゼン提案で気に入っていただければ成約です。既製品だけでイメージ通りのインテリアにならない時は、特注製作も。各部屋にカーテンを取り付け、家具をセッティング後、写真を撮ります。

そんなお客様の中の一軒で写真を整理していると、その中の一枚が気に掛かりました。よく見ると〝女性の目が写り、悪寒が走る〟のです。夫も同様で知人にも見ていただき同じ反応。さてどうしたものか。友人、知人を訪ね、「霊が写っている写真を視て下さる方」に辿り着きました。

夫が訪ね視ていただくと、「写っている女は夫にずーっと取り憑いていて、強い怨念で一族を滅ぼすまで、通常姿を現すことはない」「しかし姿を現したのは、写真を撮った人が鍵」「写真を撮った人は霊の長年の苦悩を分かってくれる人で、その人に供養していただき成仏したい」と、姿を現したと言うのです。理解を超えた世界、霊能者のご指導の下、撮影者である私は一週間の供養をしました。夕食（私たちと同じ）と午後のおやつです。

一日目、夫と私の晩酌は別種類、迷いましたが夫と同じお酒を供え夕食。「いろいろなことがあったでしょうけど、今夜は一緒に美味しくいただきましょうね」と、霊に語りかけながら食事。何か変です、何と私のグラスの下部に白いフワフワの玉が。仰天。「私と同じお酒のリクエスト」のようです。霊の分と、私の分を新たに作り供え、霊能者に確認、「それで良いです」と。

四日目、「おやつの紙、セロファンは取り除き、食べられるようにして供すること」とご指導いただいていたのですが、うっかりセロファンを付けたまま供え、下げる時に気づきました。翌朝夫が、「昨夜霊が現れ、こんな色、形のおまんじゅうを食べたいと言ってきたと」。私がうっかりしたおやつです。もちろんその日は、前日分、当日分二個を紙、セロファンを取り除き供し、失礼を詫びました。

一週間のご供養後、夫に、「ありがとうございました」と、姿形が綺麗になって、お礼を言って去ったそうです。霊能者の方に夫が報告、「成仏されました」と伝えられました。その後、私は霊能者を訪ね、心からの感謝を伝えました。

実際に経験したとはいえ、摩訶不思議な世界。あの時急に夫の目の色が変わり、言葉が通じなくなったのは、この霊の為せる技だったのでしょうか。

義両親には迷惑を掛けてしまいましたが、誰も泣かせることなく閉店できたのは良かった。心から安堵。

それから二年後くらいでしょうか、かつて夫が経営に加わっていた問屋が倒産したと聞いたのは。地域を代表する産業が時代の波に呑まれる。それまでの箪笥文化からクローゼットへの収納の移行、六畳・八畳の部屋から、生活スタイルに空間を合わせる変革と、住まう人の意識が大きく変わっているのに変われない業界。離れて見ていると変化が分かるのですが、過中にいる人は堂々巡り、大勢の人や家族が翻弄されました。

数年後に勤務するリフォーム会社で、ちょっとした仕事を近くの家具店に依頼しました。担当として来社したのが業界大手の元社長でした。大勢の社員、資産、土地、全てを失っても全く卑屈にならず、どんな小さな仕事でも自ら真摯に取り組む。その姿に大きな感銘を覚えました。「カッコいいなー」と。

大変なこととは思いますが、そこからさらに新たな一歩を踏み出して再出発、ケセラセラ、何とかなります。

九、再び建築の道へ

自分の店を閉じた夫は友人の家具問屋で働いた後、一人で家具問屋業を始めました。私はノータッチ。

息子たちも高校生、中学生。私も大黒柱として働く決心をしました。「ようやく住まいの線を引いてもいいかな」と。折良く友人の紹介で、既存ブロック住宅のリフォーム工事会社に就職が決まりました。

久々に打ち合わせをしたり、現場とブロック住宅について勉強したりしながらリフォーム工事を進めます。そのうち「二級建築士の資格を取りたい」と思うようになりました。夜の講座に週一で通い、主婦、正社員、資格取得の勉強の毎日。テキストを読みながらの夕食作り。夫も洗濯物を干したり、取り込んでくれたりしました。

ある夜、私との相談もなく、高三になったばかりの長男に夫が、「経済的に無理なので、大学進学は諦めてほしい」と話すのです。進学コースに進んでいた長男は相当のショックだったようで、まもなく近所の人から、「会うと必ず笑顔で挨拶していた○○君（長男のこと）が、最近下を向くようになったので注意して」と言われました。

すぐ銀行へ駆けつけ、入学資金の相談。国の融資を受けられることになり、「大学の授業料、生活費の仕送りは私の給料、ボーナスで賄う」と約束することで夫の承認を得、長男は望んでいた東北の大学へ進学しました。

二級建築士の資格取得は、金銭的にも勉強時間を無駄にしないためにも、一回の試験での合格を目指します。学科試験合格後は、製図試験です。製図試験前には会社を辞めて集中的に勉強し、無事合格。翌年にはインテリアコーディネーター資格試験にも合格しました。

資格取得後の仕事は自営で店舗設計施工を請け負ったり、試験前に勤めていたリフォーム会社を手伝ったりと、結構ありましたが、携帯のないこの時代のこと、早朝や夜の遅い時間の、自宅電話での職人たちとの打ち合わせを、夫は嫌がっていました。

次男は都内の大学に進み、二年生になりました。そこでより給料の良い補償コンサルタント会社に転職しました。男性と同じ待遇、残業は当たり前。依頼された県、市役所に調査資料を提出する時の追い込み作業では夜の十時までかかる時も。帰りは回転寿しで夕食を調達することもたびたびありました。

大変だったはずですが、息子たちが大学生活を送れていることが嬉しく、そのために働いていることは誇らしい思いでした。

ある夜、私の身体に異変が起こりました。

夕食後、知人の家に遊びに出掛け、運転して帰る車中で苦しくなり、何とか自宅に辿り着きました。翌日の土曜日は建築士の夜の会議終了後、仲間たちと別れ、車に乗った途端、身体を締めつけられるような感覚に襲われました。声も出せず動けなくなり、脂汗がダラダラ目に入り、朦朧とする中で運転。自宅への帰り道の途中にある夜間救急病院へ必死の思いで駆け込み、受付で倒れてしまいました。看護師がすぐ診察室に運んで下さいましたが、医師も手の施しようがなく見守っているだけ。徐々に私が落ち着くと、家族（息子たちも五月連休で帰省中）に救急病院に来てもらい、一緒に総合病院へ向かいました。

身体に悪いところはないと、診察した医師は首を傾げるばかり。私もかなり落ち着いてきたので、薬も出してくれず、そのまま帰されました。

日曜日の夕食後、夫が、「昨夜は大変だったな、まさか今日は大丈夫だろう」と、庭でゴルフのスイング練習。横になってテレビを見ていた私。九時の時報と同時に、またもや身体が絞られるように苦しくなり、夫も慌てて、「救急車を呼ぼうか」と。でも前日、総合病院で「身体に悪いところはない」と帰されています。三日間、同時刻に身体に異変が起きているので、「私への何かのメッセージでは」と、何の脈絡もなく、突然そんなふうに思った途端、身体がスーと解かれて楽に。不思議です。

翌日、会社を休み、総合病院で検査を受けました。結果、「白血球は異常に高いが徐々に下がり、二、三日で元に戻り、その後は大丈夫でしょう」と医師の診断。五日後、ハワイへの社員旅行がある旨話すと、「出掛けても大丈夫」とお墨付きをいただきました。

ハワイへ二泊三日の社員旅行です。若い同僚たちとワイキキで遊び、ダイヤモンドヘッドに登り海を一望したり。また、同僚の中にハワイに詳しい人がいて、「傷ついた珊瑚礁の海を自然に回復させる目的でパンフレットに載せないけど、来た人拒まず、人が少なく美しい浅瀬があるので出掛けよう」ということになり、穴場で目一杯楽しみました。

オアフ島を巡るバスツアーでは、ガイドさんの「景観のため、州法で街路灯、ネオンの照明は白熱灯のみ（今はどうでしょうか）。自販機は設置してはいけない」との説明がありました。

観光地としての資源を確実に守りながら、観光客を受け入れているハワイのプロフェッショナルな姿に触れ、ハワイファンになりました。「ハワイは一日にして成らず」。

帰国して自宅にいる時、電話のベルが鳴りました。直感で「メッセージがきた」と。友人からでした。「分かっている、スニーカーを履いて歩ける格好で出て来て」と言うだけで、まるで禅問答です。公園で落ち合い友人の車へ。どこへ行くとも言わず動き出しました。友人の話では「あなたの顔が頻繁に浮かび、伝えなくてはと思い連絡した」と言うのです。一時間くらい走った行き先は山でした。

轍のある山道には雑草が生え、道に沿って流れている小川のせせらぎが耳に心地良く、風がサヤサヤ、周りでは小鳥が忙しなく囀《さえず》っています。木々の間から陽の光がキラキラ洩れ、どこにでもありそうで、決してどこにもない清涼な佇まい。

この山は、「私がずーっと探し求めていた場所」でした。

友人に「ここはある宗教が所有している神山で、入会しないと入れない場所よ」と言われ、下山後、何の疑問もなく入会、以来今日に至っています。

神仏両道の宗教であり、この山は自身の修行の場であり、登山することにより、太陽の強いエネルギーを全身で受けられる場です。

友人は、他の誘った人には宗教のことなど、詳しく話しているようなのに、私には必要以外のことはあまり話さないので、「どうして」と訊ねると、「あなたは理で物事を捉え、このような世界を話すと先に反発するので、自分で感じてほしいから」と。確かに頷く部分はあります。

この広大な宇宙、果たして私たち人類はどれだけのことを知っていると言うのでしょう。未知の世界です。

数年前、日本科学未来館で「ニュートリノ」や「スーパーカミオカンデ」を体験しました。宇宙からやってきたニュートリノが私たちの身体を一秒間に数百兆個も通り抜けていると言われても、全く実感がありません（展示室で何度も試しましたが）。

私の身体に起きたことも、何と説明できるのでしょうか。

その後、登山するようになり、いろいろなことが起きましたが、ここでは割愛します。が、一つだけ代表者に長年の疑問、「どうして夫は、家具店開業を強行したのか」と訊ねましたら、「七代前頃の先祖が、人を泣かせて資産を築いたので、その時取られた人々が取り返そうとずーっと狙っていて、人の好い夫が標的になった」と。私の中ではこの説明に「ストンと納得」です。

義両親が売った畑のお金が、唸りを上げて出て行った状況にも納得。

「息子や孫に受け継がず、本当に良かった」。

補償コンサルタントの仕事は現場調査からパソコン入力（パソコン教室もほと

んどない時代、パソコンを購入し自宅でやみくもに打ち込みの練習をしていました）までを、決められた方法での算定と一連の業務を課全員で行っていましたが、全社的に効率化を求められていました。「将来、業務を分担して女性はパソコン専任が良いかも」との声。女性は私の他、二ヵ月くらい前に若い方が一人入社していました。が、その三ヵ月後に退社。

長時間のパソコン業務は、目の疲れ、ドライアイなど、他の課の人たちが苦しんでおり、私自身抵抗があり転職を考えるようになりました。

長男は大学を卒業。大手企業で県内の事業所勤務。自宅からの通勤も可能でしたが、社員寮に入るよう提言しました。生き方を話すこともなく、一方的に母親から勧められたのですから、不本意だったと思いますし、淋しかったと思います。

その時の長男の行動に現れていましたが、私たち夫婦の関係も微妙になっていて、巻き込みたくないとの思いがありました。

十、さらなる転職と離婚

年末に二年半勤めた補償コンサルタント会社を退社。土木、建築会社の役員を務める知人の推薦でその建築会社の面接を受け、翌年一月に入社しました。事務職を手伝っていましたが、会社が十月に立ち上げたリフォーム部へ配属され、最終的に落ち着いたのは建築関連です。

入社して半年後くらいでしょうか。

「資金繰りがどうにもならず、自宅が競売を免れない」と夫の告白、彼はギブアップ。

私はすぐ叔母に電話をし、事情を話して必要額の借り入れを依頼しました。叔母は、我が家の長男を保証人に立てる条件で用立てを了承。長男も保証人になることを了承しました。

数日後、夫と共に長男が認《したた》めてくれた保証書を携え、隣県の叔母の家に赴きました。従妹夫妻立ち合いでの借り入れでした。大好きだった緑連なる山を越えての往復だったのに、記憶の中には白い四角い紙のみ。ともあれ何とか事無きを得ました。叔母、長男に感謝。

資金調達が済むと、すぐに自宅の売却を不動産会社へ依頼。そんな中、夫に寄り添えなくなっていた私に、夫から「離婚しよう」と切り出してきました。今までも何度かそんな場面がありましたが、息子たちが大学卒業するまではと、その都度頭を下げてきたのですが、次男もまもなく卒業。〝もう良いかな〟と思った瞬間、頭の上を何かがサーッと祓う気配。確信です。「今までありがとうございました」と、手をつき、頭を下げました。

いがみ合いながら世間体を気にして形だけの夫婦でいるより、それぞれの道を歩む方が、「何より夫の尊厳を守れる」「きっと、私より相性の良い人が現れる」。

誰にでも弱くて甘い部分があるけれど、そこをしっかり直視し、同じことを繰り返すのだけは止めなくては。

「私の決断を生涯理解できなくても、自分の足でヨチヨチでも歩くという生き方が、息子たちに残せるたった一つの財産」「縛っているのは世間ではなく、自身の思い込みである」「自分の人生を、自分の足で強く歩んでほしい」。

幸い自宅は数ヵ月後に希望額で売却でき、叔母への返済、事業などの借金の返済、整理が進みました。

夫は実家（夫の兄名義）に入り、他業種の仕事に就きつつ、一人で両親を介護しながら一年後父親を看取り、父親から相続した土地に小さな家を新築。軽度の認知症になっていた母親を自宅と施設で交互（制度のため）に支え、六年後くらいに母親を看取りました。母親は「新築の家で暮らすことができて、嬉しい」と大喜びだったそうです。これ以上の恩返しはないでしょう。地域の高齢者から「ヒーロー視されている」と、新たに伴侶となった方から聞きました。そうです、元夫は心優しい方と再婚していました。

次男は大学を卒業したものの、就職氷河期真っ最中。望みの企業は面接でアウト。望みの企業以外就職しないと、アルバイトでお金を貯め、ワーキングホリデーでオーストラリアへ。半年後に帰国して、望みの企業へ入社しました。

私は若い頃から、「空気が澄み、星が見え、なおかつ通勤できる場所で暮らしたい」という念願がありました。幸いにも県内のある山の中腹に、小さな木造の家を住宅ローン（長男に必要最低資金を借用）で構えることができました。嬉しいことに、徒歩八分のところには広大な公園があります。

「一歩踏み出し、そこで倒れても本望」、家族との思い出の家を出る時の覚悟です。

会社ではリフォーム部の立ち上げから関わらせていただき、資料を作成したり、チラシを作ったり、営業のノウハウも分からないまま、やみくもに外回りをしたりしました。本社からの紹介もあり、何とか部員一同頑張りました。

木造建築は基本はありますが、在来工法、各ハウスメーカーの工法などはマチマチ。築年数で使用している建材など様々、大工さんによってもいろいろ。立地条件、手入れによっても違います。リフォーム工事では解体後に予想外のことも多々あり、その場で的確な判断、指示が求められる時もあります。工期、金額が決まっている中での工事。お客様は長年の貯えで夢と共に依頼してくるのですから、さらにレベルアップした、住まう人に合わせての提案は、いろいろな知識、共感が必要です。

あるお客様に、「あなたのリフォームは、そっくり真似しても真似できない何かがあり、癒される」と言っていただきました。人と家に対する想いが空気感となって表れていたら嬉しいです。

「リフォームをして快適に暮らしたい」と望む女性は多いのですが、家族の協力なくして工事はできません。男性は人の目に映る車にはお金を出しても、外から見えないリフォームは無駄と、工事にお金を出すことを渋る人が多いように思います。家事に携わっている男性が少ないから、日常生活が快適に送れることの大切さが理解できないから、建築雑誌を見る機会が少なく住まいの完成をイメージする力が弱いから、日本では、住まいは資産でなく消耗品と思っているからでしょうか。私たち建築士の力不足もあると思います。

大家族で住んでいた昔ながらの大きな日本家屋に、夫婦でお住まいの五十代の奥様。体調を崩して入院していましたが、退院後、「高齢に向かうこれからは玄関框の段差、浴室の湯船の高さ等々、掃除も含め身体の負担になるので、リフォームをして安全・快適に暮らしたい」と、依頼がありました。ところが「今まで暮らしてこられたのだから」と、夫君は反対しています。

リフォームに反対する夫を海外旅行に出し、自分のお金で工事を強行した奥様。帰国後、完成しつつある住まいを見て、あたかもご自分主導でリフォームしたかのように振る舞い、完成後、ご近所、希望者に内覧会でお披露目。毎朝夫婦で「リフォームして良かった」と、自然に言葉が出ていたのに気づいたのは、半年後だったそう。

「住まいの持つ力の凄さ」を思い知らされたことがあります。歩くのも壁に手を掛け、伝え歩きでやっとだった七十代後半の奥様。リフォームの打ち合わせの都度、青白かった頬に赤みが増し徐々にピンクに。完成する頃には階段をトントンと軽やかに歩かれていました。生きる力を得られたのでしょうか。いろいろなことを教えていただきました。

会社は地方の同族会社で男社会。ハッキリものを言う癖のある私、当然いろいろあります。周りの人に泣き言を聞いていただいたことも。時には会社でのイライラで身体中毒素だらけで車を運転しての帰宅、車のドアを開けた途端まばゆい星空。「ウワァー」、天空の光と清らかな空気にすっかりご満悦で自宅のドアを開けるのでした。時には「もう駄目かな」と覚悟したことも幾度かあります。不思議です、翌日には道が開けているのです。十数年勤務後、定年退職しました。

歓送迎会では、各テーブルを回り最後の挨拶。他課の一度も話したことのない同僚たちが手を取り離してくれません。意外な展開に、私は目をパチクリ。予定の三分の一も回れずオーバータイムになりました。今にして思えば、会議でもハッキリものを言う私の、これからへの応援だったのでしょうか。

十一、建築会社立ち上げ、そして明日へ

時悪く、前年九月にアメリカで起こったリーマンショックで世界的な大不況の真っ最中。地盤も何の当てもないまま建築会社を立ち上げました。年金も少なく、家のローン、生活があります。唯一、周りの景色にとけ込み、何げなく、それでいて先端のこの木の家は、新築の時から助けてくれる存在。こまめな塗装と手間は掛かりますが、人の心を引きつける力があるのでしょうか。新築を模索している二組の方が訪れました。娘家族と同居のため大手ハウスメーカーに建築依頼、契約寸前まで進んだのですが奥様がどうしてもイヤだと首をたてに振らず、たまたま知り合いだった困り果てた夫君が相談してきました。

我が家に招待したところ七、八人くらいの一団で見えましたが、奥様が入るな

りワァーワァー泣き出し、「これが私の求めていた家」と言います。同行していた甥御さんが「木の家を得意としている知人がいる」と、ハウスメーカーは断り、甥御さんの知人の工務店で新築しました。

私も招待され家族全員が誇らしい笑顔でした。

もう一組は、レストラン経営を考えている友人が方針も定まらず、途方に暮れているので相談に乗って頂きたい、と知人からの依頼です。

会ってみると全体に雲をつかむような話です。知人共々我が家に招待しました。テーブルにつき、話し始めたら急に泣き出したのです。

「このような木の家で、父親が作っている野菜をメインにした食事を提供するレストランにしたい」と、明確なイメージが表れたのです。

彼女は、資金が少ないと知人の材木店に相談と、すぐ動き出し、我が家へも何度か訪れイメージを共有、アレヨアレヨという間に素敵なレストランをオープン。繁昌して今に続いています。

いろいろな方が訪れましたが、初めての方でもすっかり安堵して身の上話を始めたりします。

――「大丈夫、きっと何とかなる」。

建築士の勉強を一緒にした不動産会社社長は率直にものを言うタイプですが、仕事もでき、人の面倒見が良く助けられています。「あなたは一人で良く頑張っている」が口ぐせの彼女に私は、「お客様が支えて下さっているので一人ではなく、商工会議所の会員でもあるしね」と返しています。

また、会社員時代に開拓したお客様は、元会社に連絡した際、独立した私の連絡先をたずね、私でなくてはと言って下さるお客様が、一人、二人、三人……と増えていきました。

初対面で、私が建築士でリフォーム工事業を営んでいると知った途端、「何年も依頼先を探していたのですが、思う人と巡り会えなかった」と、自宅のリフォームを依頼されることがあります。私の場合、このケースが多いです。中には女性だからと渋る夫君を、私の会社の工事履歴を基に説得して下さったりで、着工時には夫君たちの信頼も確実なものになっていました。

全ての仕事がそうですが、建築も一人ではできません。チームとなる各職の力があってこそ、今日まで続いてきました。

しかし、今、リフォーム、建築業界は各職の高齢化で職人さんたちがいなくなる状況に直面しています。若い人は入ってきませんし、入ってきて下さってもすぐ離職してしまいます。3K労働のためでしょうか。海外の労働力に依存してどうにか続けている現状です。日本人であれ、海外の方であれ、労働環境、待遇を改善するところはしっかり改善し、誇りを持って各職が取り組める業界にしなければと、片隅でですが想いを熱くしています。

既存の住宅のリフォーム必要部分を解体する時、時には私もじゃまにならないようにしながら一緒になって片付け作業をすることもあります。汗とホコリで煤けた顔で手もゴツゴツ、でも身体の中から湧き出る喜びと誇りに包まれるのです。

ある解体を終え、帰宅途中にスーパーでの買い物時、やけに多くの人が私の顔を見ています。「どうして」と、車に戻ってミラーを見て仰天。マスクをしていましたから、現場のホコリと煤がマスクの間から入り鼻と頬の間が真っ黒、くっきりとヒゲの形に。恥ずかしさのあまり、そのスーパーからはしばらく足が遠のきました。

もちろん自宅の塗装も、時には人の手を借りたりしながらしています。

変身して人を救うヒーローが出てくるアニメやドラマも楽しいですが、テレビ、エンタメ、ファッション業界などが一丸となって、各現場（職人、看護、介護など）の労働の大切さ、素晴らしさに目が向くような熱いドラマも、もっともっと制作されてもよいのでは。業界の方、期待しています。

誰の差配でしょうか。会社を立ち上げて十数年が経ちますが、この厳しい時代にお蔭様で毎年同じような業績を何とか維持しています。『必要以上に所有することはない』が、叶うなら人生の最後の時まで健康で働き、生活を維持するのが私の最大の願いです。

今までの業績の上に、さらに新しさを取り入れ、生涯現役を目指していきたいと思っています。

五十代初期から健康のために地域サークルの社交ダンスに通っていて、退職後にパートナーもでき、下手ながらも週一回「ヘンシーン」してダンスパーティで踊るように。お化粧をしてドレスを着て音楽に合わせて踊ります。サークルの年齢層は主に六十代、七十代、八十代、こんな楽しい世界があるのです。

身体が弱くスキーを少し滑る以外、運動は全くできなかった私。猫背で肩こり、ポッコリお腹。さらに勤めていた時、胃の検診でバリウムを飲んだら、胃下垂で胃が腸の辺りまで下がり、腸が変形してガスが溜まっているというのです。医師に対症療法を訪ねても「現状ではないね」と、気の毒そうな返事。

身体は硬く重く、背中は鉄板。ステップを覚えるのも大変だけど、男性と組んでのモダンダンスは、相手の足の間に自分の足を入れるなど、「マサカー」の連続です。優雅どころではありません。周りの方は大変だったと思います。時には整体に通ったりしながら、多くは朝、ベッドの中で、また、夕方お風呂で可能な時は一時間～二時間、テレビを見ている時も身体を動かす、動かす、とにかく動かす。痛いところ、硬いところ、ホグホグ、そして踊る。少しずつ少しずつ身体が動き始め、それでもパートナーに「競技生のA、B級くらいの人のように早く軽くなって」と、無理難題を言われホグす、ホグす。ある時彼が「急に軽くなって踊りやすくなった」と。明日はターンを華麗に決めるぞと、まだまだホグすホグす。

ビートの利いた曲が流れると自然に身体が動きます。恥ずかしがり屋の私ですが、その時ばかりは前に出て一人でもビートに身体を乗せる心地良さ以外何も感じません。

社交ダンスは男性と女性が組んで基本のステップを基に踊りますが、元々男性が少ないうえ、高齢化で男女の平均年齢に差が出て、ますます男性が少なくなっています。また、今までダンスをしてこなかった知人たちからも、「あなたはダンスをしていて良いわねー」とたびたび言われるようになりました。たまたまテレビを見ていたら、長野市主催のディスコダンスイベントが紹介されていました。皆さんとびっきりの衣装ではちきれた笑顔。「これだ」と思いました。シニア世代に楽しく健康作りをしてほしいと、長野市が企画したそうです。参加者の多くは老人福祉センターのディスコ講座を受講しているとのこと。素晴らしいですねー。

全国ネットのどこかのテレビ局がディスコ講座を開催するのはどうでしょうか。そのうえで、それぞれの地方でディスコダンスイベントを行えば、視聴率アップ間違いなし。病院通いが少なくなり医療費削減、一石三鳥くらいになるのではないかと思います。

「歳は取りたくない」と言う人は多いでしょう。

身体が弱く短命だろうと周りから思われていた私。若い頃からの夢は〝八十歳の私に会うこと〟でした。明日はどうなるか分かりませんが、きっと叶うと信じています。「年を重ねるのが楽しみだなんて、頭が変だと思われるから、他人には言わないように」と、親しい人には忠告されますが。

四十代の頃、長野県小布施町の北斎館で出合った北斎最晩年の、生命力に溢れ華やかで躍動感漲る作品の数々を見て、確信しました。「老いは決して退化ではない」「心身共にあちらこちら衰えてくるが、その中でしか観えない物事がきっとある」「生ある限りワクワク生きよう」と。

今夜も一人グラスを傾けながら、パートナーの作った野菜の数々、漬物（絶品）、果物、そして地産のお肉を楽しんでいます。時にはデッキで星空を眺めながら、時にはパートナーと二人で、時には年に数回顔を見せる息子たち、孫の顔を思い浮かべて。

この世は修行
有限の世界で、有限の肉体を持って
翻弄されながら
無限の世界へワープするための修行

約束した生を生きているでしょうか

あとがき

誰でもが、様々な制約に縛られながら生きています。世界のどこの国に生まれても、お金持ちの家に生まれても、貧しい家に生まれてもです。

制度や制約は、時々に応じて幾多の権力者（特に男性）が作ってきたルール。あまりにも理不尽と思う時もあります。今、たとえ一人でも、理不尽と思う時は勇気を持って声を上げましょう。どうせ変わらない、難しいことは分からないからと、無関心でいることが一番怖い。

誰にでも平等に存在するのが自然。太陽、空気、森林、風、水……、地域での条件はあるにしても、誰にでも等しく与えられています。月も満天の星も（人間がスモッグで汚さなければ）、世界中どこでも見えます。どこを切り取っても、一つ一つの仕組みの美しさ、つながりの巧みさにはただ感嘆、一つとして不用な物はないのです。目の前に繰り広げられる大パノラマ、微細な世界の神秘に感動する心に、貧富の差はないのです。

大切な心は皆、等しく持って生まれている。人と比べて劣等感に苛まれたり、人並み、普通、当たり前という思考に囚われたり……そんな観点からホンの少し視点をずらしてみると、世界にたった一人しかいない自分を、自分が認められるのでは。それってすごく大切だと、そう思って本書を綴りました。

読んで下さった皆様に、そんな想いが伝われば幸いです。

著者プロフィール
大地 未来（だいち みらい）
1949年生まれ
秋田県出身
群馬県在住

今日を生き明日を生きる

2024年６月15日　初版第１刷発行

著　者　大地 未来
発行者　瓜谷 綱延
発行所　株式会社文芸社
〒160-0022 東京都新宿区新宿1－10－1
電話 03-5369-3060（代表）
03-5369-2299（販売）

印刷所　図書印刷株式会社

ISBN978-4-286-25357-2